Casalis, Anna
    Ramón no quiere ir a la escuela / Anna Casalis ; ilustrador
Marco Campanella ; traductora María Patricia Esguerra.
— Bogotá : Panamericana Editorial, 2015.
    28 páginas : ilustraciones ; 27 cm.
    ISBN 978-958-30-4518-9
    1. Cuentos infantiles italianos 2. Escuelas - Cuentos infantiles
3. Amigos - Cuentos infantiles I. Campanella, Marco, ilustrador
II. Esguerra, María Patricia, traductora III. Tít.
I853.91 cd 21 ed.
A1492984

        CEP-Banco de la República-Biblioteca Luis Ángel Arango

Título original: *Topo Tip non vuole andare all' asilo*

Basado en una idea de ANDREA DAMI

Ilustraciones: Marco Campanella
Textos: Anna Casalis
Diseño: Stefania Pavin
Traducción del inglés: María Patricia Esguerra

Segunda reimpresión, julio de 2015
Primera edición en Panamericana Editorial Ltda., enero de 2013
© 2014 Giunti Editore S.p.A., Milano – Firenze
Dami International, un sello editorial de Giunti Publishing Group
© 2012 Panamericana Editorial Ltda., de la traducción al español
Calle 12 No. 34-30, Tels.: (57 1) 3649000
Fax: (57 1) 2373805
www.panamericanaeditorial.com
Bogotá D.C., Colombia

ISBN 978-958-30-4518-9

Impreso por Panamericana Formas e Impresos S. A.
Calle 65 No. 95-28, Tels.: (57 1) 4302110 - 4300355
Fax: (57 1) 2763008
Bogotá D. C., Colombia
Quien solo actúa como impresor.
Impreso en Colombia - *Printed in Colombia*

Ramón
no quiere ir a la escuela

Marco Campanella

PANAMERICANA
EDITORIAL
Colombia • México • Perú

Hoy es el primer día de escuela de Ramón. Mamá le puso un delantal verde y un corbatín azul. Pero Ramón no está contento.

—¡No quiero ir a la escuela! —grita haciendo fuerza con los talones sobre el suelo—. ¡Mi oso tampoco quiere ir! ¡Queremos quedarnos en la casa contigo, mamá!

Ramón se salió con la suya, luego de haber insistido un poco, y mamá le dijo:

—¡Está bien, Ramón! ¡Irás otro día a la escuela! ¡Hoy te puedes quedar en casa y hacerme compañía mientras hago el oficio!

Ella comenzó a planchar la ropa. Ramón la miraba satisfecho.

Después mamá tuvo que limpiar el piso.

"¡Esperemos que lo haga rápido!", piensa Ramón el ratón. "¡No es muy divertido estar aquí mirando. No veo la hora en que se ponga a jugar conmigo!".

Pero mamá no tiene tiempo de jugar con él: tiene mucho qué hacer.

Finalmente mamá termina de trabajar. Pero…
¡RIIING! ¡RIIING! Suena el teléfono. Es la tía Pepa, que tiene un montón de cosas para contarle.
—¿Cuándo van a terminar de hablar? —murmura Ramón intentando llamar la atención de su mamá.

9

Mamá llevó a Ramón a hacer las compras.
Pero allí se encontró con su mejor amiga,
y le contó todo lo que acababa de saber de la tía Pepa.
Y hablaban, y hablaban… "¡Qué aburrimiento!", piensa
Ramón, cansado.

"Mira este letrero, ¡señala el camino a la escuela!".

"Voy a ir un segundito a mirar", piensa el ratoncito.

Escuela
Mmm...
11

Ramón mira por la ventana: muchos de sus amigos están ahí y todos usan un delantal verde como el que le puso su mamá esta mañana. "¡Lo pueden ensuciar sin que los regañen!", piensa Ramón con un poco de envidia. "¡Y parece que se están divirtiendo mucho!".

El día se acaba y Ramón se va a la cama.

—Mamá, ¿te pondrías triste si mañana no estoy en la casa haciéndote compañía? ¡Me gustaría ir a la escuela!

—¡Claro que no, chiquito! Estoy contenta de que hayas entendido que para un ratoncito es más divertido ir a la escuela que quedarse en casa y aburrirse todo el día.

Al día siguiente, tan pronto despierta, Ramón se pone su delantal y sale feliz rumbo a la escuela. Mamá le preparó una canastita con una gran tajada de queso.

—¡Hola, Ramón! —gritan sus amigos, corriendo a encontrarse con él—. ¡Qué bueno que viniste! ¡Ven que nos vamos a divertir!

—**¡Yuppiii!** ¡Qué rápido voy! —Ramón abraza a su osito de peluche y se lanza por el tobogán— ¡Cuidado, estoy llegando! ¡Qué divertida es esta escuela!

Cuántos juguetes nuevos ha encontrado. Y sobre todo, ¡qué lindo es estar con los amigos!

19

Después de tanto jugar, a Ramón le dio un poco de sueño. ¡No hay problema! En la escuela hay muchas colchonetas pequeñas en las que pueden tomar la siesta.

—¡Que disfrutes tu siesta! —le dice la profesora.

Pero él ya se ha dormido.

Cuando despiertan, todos los chiquillos siguen jugando.

—¿Ya es hora de volver a casa? —se sorprende Ramón cuando mamá y papá vienen a recogerlo. No le gusta mucho que ese día tan lindo se haya terminado, pero está contento de ver a sus papás: ¡tiene tantas cosas que contarles!

—¡Me divertí tanto! —le susurra a su papá dándole un abrazo inmenso—. Jugué, dibujé, canté, comí, dormí y luego jugué otra vez. ¡Y la maestra es muy linda!

La escuela me gusta mucho… ¿Y quieren saber cuál es la buena noticia? ¡Puedo volver mañana!